VUES D'INTÉRIEUR APRÈS DESTRUCTION

La rencontre
Dirigée par Anne Bourguignon

La rencontre est une histoire qui nous appartient.

ISSN 2491-8261
EAN 9782363083623

Arielle Meyer MacLeod

VUES D'INTÉRIEUR APRÈS DESTRUCTION

arléa
16, rue de l'Odéon, 75006 Paris
www.arlea.fr

DU MÊME AUTEUR

Tourner la page (avec Balzac), Zoé, 2014

Le Spectacle du secret. Gautier, Barbey d'Aurevilly, Stendhal et Zola, Droz, 2003

Pour Zoé et Nora,
mes super nanas

Ce qui m'a constamment fasciné dans le travail photographique, c'est l'instant où l'on voit apparaître sur le papier exposé, sorties du néant pour ainsi dire, les ombres de la réalité, exactement comme les souvenirs qui surgissent en nous au milieu de la nuit et, dès qu'on veut les retenir, s'assombrissent soudain et nous échappent, à l'instar d'une épreuve laissée trop longtemps dans le bain de développement.

W. G. Sebald, *Austerlitz*

I

En jetant une pivoine blanche dans le trou béant où le cercueil venait d'être déposé, une pivoine charnue, en pleine maturité, sa fleur préférée – Gabriel en tapissait son intérieur pendant les quinze jours annuels de la floraison, des gerbes de pivoines blanches partout dans des vases chinés ici et là dont il faisait collection, de celles qui ne cessent de se déplier et se déplier encore, découvrant de nouveaux pétales alors qu'on les pense tous éclos, leur cœur d'une générosité inépuisable les multipliant à foison –, en jetant cette dernière pivoine dans la fosse où maintenant il gisait j'entendais cette phrase, promesse non tenue, ultime dérobade, Tu verras, quand nous irons ensemble à Beyrouth, je te montrerai la maison de mon enfance.

Gabriel avait quitté le Liban en 1978 et n'y était jamais retourné. Il m'en parlait des soirées entières, les histoires devenant de plus en plus abracadabrantes avec le nombre de margaritas ingurgitées. Histoires de vie et de guerre, de fêtes hallucinantes, elles se transformaient, un détail ici un autre là – fruits de son imagination sans doute mais je m'en fichais, j'aimais les histoires de Gabriel. Je le prenais parfois en flagrant délit d'incohérence, il trouvait toujours la parade et s'en sortait d'une pirouette qui me faisait rire bien sûr – Gabriel était drôle – mais qui avait aussi le don de m'exaspérer, cette façon bien à lui de vous filer entre les doigts.

Au cœur de ces histoires se tenait, immuable, la maison de famille où il passait ses étés. La maison de la montagne. Elle en était l'horizon immobile, le point de fixation. Le foyer vers lequel toujours le récit revenait. Ses aventures avaient beau l'en éloigner, les péripéties s'accumuler, le dénouement, invariablement, l'y ramenait. Une maison pleine de souvenirs dont il avait fait le leitmotiv décliné à l'envi d'une épopée dont il était à la fois le dépositaire et le conteur infatigable.

Gabriel était mon ami. Il était sculpteur.

Gabriel est mort sans revoir Beyrouth, où il a grandi, où il ne m'a jamais emmenée. Beyrouth dont le seul nom – ses inflexions molles mâtinées de rugosité – me touchait, évoquant un lieu inabordable, un territoire de légendes auréolé d'une aura mystérieuse, connu des seuls initiés.

Un mirage – une image, floue.

Beyrouth la magnifique – Paris levantine au cœur de la Suisse du Moyen-Orient. Beyrouth la massacrée, dont j'entendais les échos de la guerre lorsque, enfant, je vivais en Israël, n'en saisissant pas grand-chose. Un nom où résonnaient des bruits d'obus. Et dans les yeux des soldats revenus de cette guerre, l'effroi de Sabra et Chatila que j'ai mieux compris en voyant des années plus tard *Valse avec Bachir*.

Beyrouth dont j'avais croisé la violence et l'attachant murmure dans les livres, des récits marquants.

Beyrouth la résiliente, qui s'était relevée de ses cendres et dansait à nouveau dans les quartiers branchés vantés par les magazines.

Après sa mort, il y eut d'abord le temps arrêté, ce temps du deuil où l'intensité des émotions le dispute à la peine, une parenthèse pendant laquelle je m'étais retrouvée dans la sidération d'un événement que je savais pourtant inéluctable – je l'invoquais même tant sa souffrance, les derniers jours, était devenue intolérable. Sa mort me frappait néanmoins avec la violence d'un coup que je n'aurais pas vu venir.

À l'hôpital je répétais les mêmes gestes – humecter ses lèvres desséchées, tenir sa main piquée d'un cathéter, gérer le flux de morphine quand la douleur déformait ses traits et augmentait les râles. Lui parler aussi, évoquer nos souvenirs communs, les moments drôles surtout et cette soirée où, étudiants encore, nous nous étions rencontrés. Le Moyen-Orient – nous avions chacun le nôtre – nous avait immédiatement rapprochés.

Le sentiment de l'exil aussi, cet état de flottement que nous connaissions bien, qui nous maintenait en permanence sur le côté, au bord, à la marge – tout désir d'appartenance (à un clan, une chapelle, une bande, une communauté) se doublant aussitôt d'un mouvement de retrait. En être et ne pas en être. Nous partagions cette nécessité, vitale et impérieuse, de garder toujours un pied dehors lorsque nous foulions de nouveaux territoires.

Mais lui, Gabriel, avait un port d'attache, un endroit où revenir en pensée et s'ancrer depuis l'exil – cette maison dont il m'avait tout de suite parlé – alors que je suis, moi, une exilée de nulle part.

Les amis – nombreux, Gabriel connaissait un nombre incalculable de gens – étaient venus de partout. Certains logeaient à la maison. Pour les uns Gabriel était le camarade d'enfance, pour les autres l'amour fou, la sensualité d'une nuit, la passion impossible, pour d'autres encore le frère réincarné, l'artiste admiré ou le compagnon de fête.

Gabriel habitait mille vies et sans doute plus. Des vies publiques, d'autres secrètes. Il avait le goût de la nuit dans laquelle parfois il m'embarquait, et je l'accompagnais dans les hauts lieux de la culture gay où il rejoignait ses amants, toujours différents, je n'arrivais pas à suivre la valse des amants de Gabriel, il y avait les rencontres d'un soir ou d'une heure parfois, les amants de passage et les grandes romances toujours intenses et compliquées, le plus souvent platoniques celles-là, semées d'embûches qu'il semblait rechercher autant qu'elles le faisaient souffrir.

Gabriel se moulait dans le désir de l'autre tout en restant insaisissable. Il avait la faculté de se mouvoir avec la même aisance dans les milieux les plus disparates vers lesquels sa curiosité le menait et partout, quelles que soient les circonstances, il exerçait aussitôt une séduction dont il jouait, avec malice parfois. Tu es une surface de projection sur laquelle chacun vient plaquer son propre fantasme, je lui disais, stratégie assez efficace qui te permet d'échapper à tout le monde. Il riait.

Et puis l'enterrement. L'atmosphère lourde et dense, oppressante. Le soleil n'avait pointé le bout d'un rayon qu'au moment de la mise en terre, immobilisant soudain la pluie qui n'avait cessé depuis le matin, une pluie fine et sale qui bavait sur les yeux et fanait toutes les fleurs, les gerbes de fleurs recouvrant son cercueil. Mes mots d'adieu devant la tombe encore ouverte, une oraison que je n'ai pu terminer, où la maison forcément apparaissait – comment parler de Gabriel sans l'évoquer. Les larmes, la pluie, la morve coulaient sur mon visage, je m'essuyais du revers de la main. Et cette boule compacte dans ma gorge, étouffant mes derniers mots ravalés en un galimatias inaudible.

Ensuite la léthargie. Dormir, et m'abrutir de séries pour replonger dans un sommeil agité où se donnaient rendez-vous mes fantômes, morts et vivants, dans des dialogues étranges. Comme si les digues du souvenir avaient lâché, libéré les forces obscures que je croyais vaincues.

Un rêve revenait en boucle. J'y voyais mon père, mort depuis trente ans, qui jamais ne visitait mes nuits auparavant, mon père dans une maison sans limites – des couloirs interminables menaient vers d'autres couloirs encore, ouvrant chacun sur des pièces vides aussi vastes que des salles de bal, baignées d'une lumière en clair-obscur à la fois belle et grave –, une maison inconnue de moi qui était la sienne, celle de mon père, et qu'il me faisait découvrir en s'étonnant que je n'y sois jamais venue.

Enfin, un matin, j'ai commencé à tout déplacer dans mon appartement, les objets d'abord, puis les meubles, tirant d'une pièce à l'autre table lit fauteuil canapé, sans égard pour le parquet que je striais de rayures profondes. Je devais tout transformer, réaménager l'intérieur, mon intérieur, redessiner une fois encore le lieu d'une vie dont chacune des chambres avait plusieurs fois changé d'affectation, et de nom.

Celle du fond avait d'abord été la chambre de mon fils aîné, puis le bureau de P. jusqu'à notre séparation, avant d'être rebaptisée chambre de

Gabriel parce qu'il y dormait souvent, les soirs de cafard ou au contraire les nuits trop avancées, lorsque nous avions ri et bu plus que de raison, épuisé tous les dossiers – ses amours compliquées, les miennes, pas simples non plus –, fait le tour de nos indignations du moment, de tous les sujets qui nous agitaient, ceux sur lesquels nous étions d'accord et ceux sur lesquels nous ne l'étions pas, peu importe, les uns comme les autres étaient tout aussi animés. La chambre de ma fille, partie de la maison depuis peu, était devenue mon bureau, celui où j'écris.

J'ai rangé. Tout. Tout trié. Les livres, les chaussettes, les papiers, les habits, les draps, les petites cuillères. Tout séparé et disposé dans des boîtes idoines, les crayons gris dans un porte-crayons japonais en origami, les stylos noirs dans un autre, séparé même les aiguilles des épingles dans la mal nommée boîte à couture – je suis incapable de coudre ne serait-ce qu'un bouton.

Je suis descendue à la cave. J'ai eu du mal à en ouvrir la porte tant elle était encombrée. Des sacs de livres pour enfants, des skis de toutes les tailles, des valises cassées, une immense corbeille pleine de Lego – pourquoi diable avais-je gardé tous ces Lego –, une autre de déguisements.

Et tout en bas, dans un coin, une boîte en carton. Une jolie boîte, sur laquelle était écrit au crayon rouge PAPA.

Je ne l'ai pas touchée.

Je rangeais, obstinément. J'évacuais pour les donner ou les jeter les skis, les valises, les Lego, les jeux et les livres d'enfants. J'évacuais comme on déblaye des éboulis après destruction, un nœud dans la poitrine, sans réfléchir, juste sortir tout ça, faire le vide, presque en apnée dans le noir de cette cave, concentrée uniquement sur cette mission, sortir, sortir tout ça, ne garder que l'essentiel, pas grand-chose, la seule valise qui roulait encore, quelques livres, ceux qui étaient passés entre les mains de tous mes enfants et portaient encore les marques de leurs doigts tant ils avaient été lus et relus, ceux-là seulement.

Et la boîte en carton.

La cave enfin débarrassée, je l'ai prise sans l'ouvrir et suis remontée du sous-sol. Le nœud dans ma poitrine n'avait pas cédé. Que contenait-elle cette boîte, je ne me souvenais plus, sans doute des documents que je n'avais pu me résoudre à jeter lorsque mon frère et moi avions débarrassé l'appartement de notre père après sa mort. Tout ce qui reste de lui, qui tient dans une petite boîte et resurgit au moment de la mort de Gabriel.

Je l'ai posée sur mon bureau.

Pendant des jours j'ai tourné autour, me suis enlisée dans une agitation stérile, incapable de me concentrer sur quoi que ce soit. Pourquoi fallait-il qu'elle resurgisse là, maintenant ? N'était-ce pas assez de pleurer un ami, fallait-il aussi que mon père s'invite dans ce chagrin ? Je ne pouvais l'ouvrir, ne pouvais pas non plus l'effacer. Mes pensées se heurtaient, à vif et en vrac.

Et puis un matin, sur un coup de tête, sans avertir personne – je n'ai envoyé un texto à ma fille qu'une fois arrivée sur place –, j'ai pris un billet sur Internet, fourré quelques affaires dans une valise, rédigé une réponse automatique sur mon mail professionnel, un laconique Absente je ne répondrai que dans quelques jours, et je suis partie, seule, pour Beyrouth.

II

Tout au bout de l'aile, le cèdre vert flanqué de ses deux barres rouges, minuscule, un arbre nain dans le ciel immense. Je l'ai regardé un instant, ce cèdre espiègle, un brin moqueur peut-être, avant de baisser le store du hublot – je volais vers Beyrouth et n'en revenais pas d'y aller enfin.

Un taxi m'a déposée devant l'imposante porte vitrée du Phœnicia. L'hôtel affichait un luxe un peu outré, mélange de rénovation contemporaine et de falbala oriental, le tout assez kitsch. Je me suis imaginée gravir avec Gabriel le pompeux escalier en marbre surmonté d'un lustre monumental, nous aurions ri.

Sa mère avait toujours désiré y séjourner, disait-il en racontant l'épisode de la guerre des hôtels, lorsque les palaces du bord de mer étaient devenus des camps retranchés et que le rêve de sa mère, ce beau Phœnicia tout neuf et clinquant à l'époque, avait été réduit à l'état d'épave dans l'arène des combats.

La vue de la chambre était sans charme. Il y avait la mer au loin, certes – j'avais réservé la sea-view, il fallait au moins cela –, mais au premier plan un port de plaisance en béton, un entrelacs de routes à la circulation dense et une statue de Rafic Hariri dressée sur quelques carrés de gazon étique.

À gauche de la marina grise, un immeuble – une carcasse plutôt – auquel je n'ai d'abord pas prêté attention. De beaux traits vérolés d'impacts, des lignes pures – un parallélépipède de cinq étages –, des croisées régulières dont les vitres avaient depuis longtemps volé en éclats, des balcons filants aux parapets de pierre ajourés étonnamment préservés. Un squelette abandonné évoquant un faste ancien. L'hôtel Saint-Georges, m'informe le Net, bâti fin des années 1920 par un architecte français, Auguste Perret, un hôtel qui était avant la guerre le lieu le plus glamour de Beyrouth et du Liban dans lequel *les stars internationales se pressaient.*

J'ai regardé plus attentivement, vu alors une piscine et des parasols, des chaises longues. Un beach-club, au pied de cet hôtel de luxe dévasté. Zoomant encore dans le panorama, je remarque des voilages blancs noués par des embrasses ornant les cavités sombres qui avaient un jour été des fenêtres. Une ruine parée de rideaux.

J'ai d'abord pensé à une ruse rétinienne.

Renseignement pris – un article du *Nouvel Obs* datant de 2004 titrait « Hôtels mythiques, hôtels de guerre : Beyrouth, nager dans les ruines » – c'est un décor. Un lieu d'insouciance dans les cicatrices de l'Histoire.

Pourquoi étais-je venue. Pour retrouver la maison où Gabriel avait grandi ? C'était absurde. Je ne savais que le nom du village dans la montagne, rien de plus, ne connaissais personne à Beyrouth, n'avais pas la moindre idée de comment m'y prendre ni même par où commencer.

Je me répétais, C'est absurde, en fixant d'un œil vide la vue sans charme de la chambre.

Pourquoi chercher une maison qui n'est pas la mienne, dans un pays qui n'est pas le mien, séparé qui plus est par une frontière – étanche et infranchissable, comme le sont celles des pays en guerre – d'un autre où enfant j'ai vécu ?

Le récit de Gabriel continuait d'exercer un magnétisme que sa mort n'avait pas enrayé, parce qu'il s'inscrivait en un point précis, localisable sur une carte, un bout de jardin avec une bâtisse pleine de souvenirs, solide malgré les avanies.

Chaque fois qu'un voyage à Beyrouth se profilait, Gabriel l'annulait. Une sculpture qu'on lui avait commandée à la dernière minute pour une expo incontournable, de nouvelles amours qui le rendaient soudain indisponible. À chaque annulation, je m'emportais, Tu ne veux pas y aller en vrai, pourquoi ne veux-tu pas y aller ? Il bottait en touche. Je posais mille questions, n'obtenais pour toute réponse que des circonlocutions monosyllabiques. Je concluais, Tu t'accroches à une image, à un souvenir que tu veux garder inaltéré, et puis nous parlions d'autre chose.

Et les années ont passé, et Gabriel est mort, et me voilà seule dans cette chambre impersonnelle dont je n'arrive pas à sortir, ne sachant où aller. Pourquoi faut-il que je me mette dans des situations impossibles, n'ai-je pas appris avec les années que partir sur un coup de tête ne soulage rien ? La douleur est un empois, elle colle et ne cède pas.

Après avoir quitté le Liban, Gabriel ne s'était jamais fixé, dans aucun lieu, aucun lien, si ce n'est peut-être cette amitié qui nous rivait l'un à l'autre comme s'aimantent parfois les grands solitaires – solitaire il l'était autant que moi, malgré les myriades de gens qui lui tournaient autour. Mais certains jours même de cela, de ce lien, je doutais.

La maison était son unique repère. Plus les années l'en éloignaient et plus il l'amarrait dans son récit, développant avec toujours plus de précision le moindre détail, déployant à l'envi les effets de style, ceux de l'hypotypose, figure qui donne à voir, qui fait image, représentant si bien les choses par les mots que l'auditeur croit les percevoir. Figure dont l'étymologie désigne, empruntant au geste du typographe, *l'empreinte en creux ou en relief que laisse la frappe d'une matrice.*

Et si cette maison n'était que cela, une empreinte ? Et si, tel un château enchanté recouvert de roses, Gabriel l'avait dessinée, modelée, transformée pour servir de décor à sa légende dorée ?

Chasser ces pensées. Il fallait me secouer, quitter cet état d'engourdissement, me décoller de la vitre devant laquelle je vrombissais telle une mouche captive et sortir au plus vite de cette chambre d'hôtel.

J'ai traversé les deux voies à la circulation aléatoire et longé le bord de mer – la corniche, mot qui n'évoque rien de précis dans mon esprit. Je n'avais pas anticipé le surplomb, imaginant Beyrouth en sœur jumelle de Tel-Aviv – une ville au ras de l'eau. Gabriel, pourtant, évoquait souvent ses après-midis d'adolescent sur le rivage et les plongeons depuis les rochers. Opiniâtrement j'y plaquais quand même le sable d'une ville plage.

Je m'attendais à croiser là une foule au chic un peu superfétatoire, déambulant dans le souffle de fin de journée concédé par la mer. Elle était déserte.

Plus loin, une haute tour de béton criblée de balles restée en l'état depuis vingt-cinq ans, le Holiday Inn, autre scène de la guerre des hôtels qui s'est jouée là, en plein cœur de la ville. Le bâtiment est entouré d'une palissade en métal dont émergent les décombres de ce qui n'a jamais si bien porté le nom d'architecture brutaliste : une ossature de béton qui, de son vivant, devait ressembler au Hilton de Tel-Aviv. Je me suis approchée des pans de l'enceinte, je ne voyais rien ou presque, j'ai glissé mon smartphone dans une des rainures, et j'ai cliqué.

Quelque chose dans cette photo me happe et m'agite. Sans doute le reflet dans la vitre posée contre le petit pan de mur ocre déchiqueté. Un certain malaise devant la beauté mutique des impacts de balles dans la pierre, qui évoquent en creux la bande son d'une guerre qu'on aurait mise sur silence et dont témoigne la nudité de la carcasse, plus brutale encore d'être réfléchie.

J'ai envoyé un rapide message à Ella – elle ne comprenait pas ce que je pouvais bien faire toute seule à Beyrouth et s'inquiétait un peu. J'ai ajouté la photo. *Pas mal, non ?* Ella, ma fille, est photographe et se moque souvent de mon absence totale de sens du cadrage. Jamais très bavarde, elle m'a accordé néanmoins le *pas mal*, laconique, suivi d'un 👍.

Une image due au hasard, ce que je me garderais bien de lui avouer.

De la terrasse au sol, les combats l'avaient martelée comme un plateau de cuivre. Pas un pouce intact. Partout sur ses colonnes fragiles, ses balcons, ses fenêtres romanes, les pointillés des rafales, les impacts des tirs de précision, les écorchures de grenades, les déchirures de roquettes, les cicatrices ouvertes par les mortiers. Dans le soleil levant, les décombres d'une arène antique.

Tout était saccagé et superbe.

Dans *Le Quatrième Mur*, Sorj Chalandon décrit une bâtisse inscrite dans la mémoire de la guerre sous le nom de Maison jaune. Joyau des années 1930, l'immeuble s'était transformé en machine de guerre, un repaire de francs-tireurs utilisant les axes visuels conçus par l'architecte comme des axes de tirs.

Cette maison n'était pas une ruine de guerre. Elle était la guerre.

J'ai vu la Maison jaune. Elle devait être détruite en 1997, n'a finalement été ni démolie ni reconstruite à l'identique mais réhabilitée en centre culturel. Une architecture reprisée, comme on dit d'un vêtement usagé, qui laisse les cicatrices à vue pour conserver les traces, autant celles du passé heureux que les stigmates de la destruction. La façade est toujours mouchetée d'impacts de balles, çà et là ravaudée d'aplats de plâtre blanc. Les frises écornées ont été laissées en l'état, les colonnes par endroit renforcées d'un socle en béton, les éboulis d'un mur effondré jonchent encore le sol consolidé par des linteaux de métal. Des blessures cautérisées, habillées de prothèses.

J'avançais dans Beyrouth en aveugle. Ville de strates, superposition de couches temporelles accumulant les empreintes de l'histoire récente, Beyrouth m'échappait. Gabriel aurait-il su la déchiffrer ? Peut-être en aurait-il aussi perdu le sens et l'orientation, ce n'était plus la ville qu'il avait connue, à laquelle il appartenait, d'où il s'enracinait depuis l'exil.

Dans les rues je cherchais l'adolescent et sa guerre, mais il se dérobait. La violence qu'il me décrivait s'était fossilisée. J'étais venue ici imaginant le saisir enfin, mais Gabriel n'était pas là, Gabriel n'y était plus depuis longtemps et Beyrouth hurle son absence. Sa voix s'éloigne. Je n'entendais que ce silence.

J'ai longé la rue de Damas, alors la Ligne verte, ligne de front séparant l'est et l'ouest, ainsi nommée parce qu'elle était envahie par une végétation disparue avec les combats.

Présente encore à chaque coin de rue, la beauté de la destruction est affolante. Des dentelles de guerre.

J'ai perçu soudain la fascination, l'addiction à l'intensité dont parlait Gabriel – l'intensité de la guerre –, palpable encore, épousant les balafres laissées à vif le long des façades, la paradoxale liberté accordée par l'instabilité, la force de vie insufflée par la peur, et la proximité de la mort.

Gabriel disait Ce n'est pas la guerre qui est traumatisante, c'est la paix, je n'arrive pas à guérir de la paix.

Et Chalandon, *J'étais en enfer. J'étais bien. Terriblement bien. J'ai eu honte. Je n'échangerai jamais cet effroi pour le silence d'avant.*

Bernard Wallet, dans *Paysage avec palmiers,* déroule des instantanés de l'horreur, de l'horreur pure. Et puis il ajoute *Beyrouth est ma maîtresse, Beyrouth me manque.*

J'ai finalement commandé un taxi pour la journée, descendu l'escalier tout en marbre et arabesques pour rejoindre l'auvent de l'hôtel où le chauffeur m'attendait.

C'était un vieil homme petit et bedonnant aux yeux pétillants, qui parlait le français avec cet accent syncopé que j'adore – à peine arrivé en France Gabriel s'était évertué à le perdre, cet accent, mais il affleurait immanquablement en fin de soirée, lorsque la fatigue rendait le contrôle de son élocution trop hasardeux.

Je lui explique que je voudrais aller dans un village de montagne proche de Beyrouth dont je sais qu'il s'appelle Bhamdoun, que je cherche une maison dont je ne sais par contre ni l'adresse ni même à quoi elle ressemble aujourd'hui, alors que j'aurais pu dessiner ce qu'elle était avant la guerre tant Gabriel me l'avait décrite. Il n'a pas l'air étonné par l'incongruité de ma demande, elle semble même l'amuser, il a dû en voir d'autres. Yallah, dit-il, on y va, on va la trouver cette maison.

Insomniaque, Gabriel avait élaboré une stratégie pour s'endormir. En pensée, il parcourait dans le noir la maison de son enfance, cherchant à en ressusciter les sensations avec la plus grande précision – la texture de la poignée de la porte d'entrée, l'odeur du vestibule, l'emplacement exact de l'interrupteur, le son particulier du sol en marbre du salon, le rai de lumière pénétrant par la fenêtre en ogive de la salle à manger. Il avait créé un labyrinthe de la mémoire, et réinventé sans le savoir un procédé mnémotechnique utilisé par les Anciens, l'*ars memoriae*, consistant à disposer les parties d'un discours dans les pièces d'un palais mental afin d'en suivre le chemin. Gabriel, lui, empruntait ce trajet pour exhumer les traces d'une maison absente.

Parfois, couchés sur le tapis de son atelier, il m'emmenait avec lui dans ce dédale. Il parlait, et moi j'imaginais. J'imaginais une maison dont les bruits, les sons, la musique, m'étaient inconnus – un havre, une coquille, un abri à invoquer contre l'adversité.

Arrivé sur une grande place au centre du village, le chauffeur – il s'appelle Nassim, et je sais maintenant aussi les prénoms de tous ses enfants et petits-enfants – me regarde dans le rétroviseur en faisant un geste des deux mains, manière de dire Alors, qu'est-ce qu'on fait maintenant ?

– Vous connaissez au moins le nom de la famille qui y vivait ?

Je connaissais le nom de famille de Gabriel bien sûr, mais la maison appartenait à son grand-père maternel, qui devait certainement en porter un autre dont évidemment je ne me souvenais pas, si tant est que je l'aie su un jour. Nassim ne se laisse pas décourager pour autant, il réfléchit un instant puis me suggère un plan qui semble le réjouir : entrer dans la pharmacie qu'on aperçoit juste à droite et demander quelles sont les maisons abandonnées. Content de son idée, il m'explique qu'une pharmacie c'est bien parce que, contrairement aux restaurants, les pharmacies ne changent pas de propriétaires comme ça, il a claqué des doigts, peut-être même sont-ils pharmaciens de père en fils (que ce soit de mère en filles n'est pas une option semble-t-il) depuis plusieurs générations.

Il revient avec quelques pistes. La première est un immeuble situé au cœur du village, je fais non de la tête, la maison doit sans doute être en dehors, dans la campagne, je sais qu'elle est entourée d'un grand jardin. Il m'a regardé d'un air Vous n'auriez pas pu le dire plus tôt ?

– C’est, c’était en tout cas, une belle maison, grande, d’au moins trois étages, de style ottoman je crois.

– On va la trouver, vous verrez.

Il avait l’air sûr de lui, alors nous sommes partis et avons serpenté dans ce que j’avais du mal à appeler une montagne tant le paysage, certes vallonné, était écrasé par le soleil, la chaleur et arborait ces mêmes couleurs de terre sèche que j’aime en Israël et en Palestine. Mais Gabriel l’appelait la maison de la montagne et je l’avais toujours imaginée nichée dans un panorama alpestre, sans réfléchir une seconde que le décor ne pouvait être très différent de celui que je connais bien une centaine de kilomètres plus au sud.

Nous approchons d’une ruine. Nassim s’arrête sur le bas-côté de la route, et coupe le moteur.

Je revois une image punaisée chez Gabriel, sur le mur d'un couloir couvert de tableaux, d'affiches et de photos, une photographie de son enfance prise par sa mère sans doute, il est assis avec son grand-père sur la dernière marche d'un très bel escalier extérieur en pierre. En passant dans ce couloir je lorgnais toujours vers cette image-là, ignorant les autres, attirée par la douceur et la nostalgie qui s'en dégageait – le grand-père, un Levantin maigre arborant une fine moustache, regarde avec une tendresse infinie l'enfant penché en avant, accaparé par les petites voitures qu'il range méticuleusement autour de lui.

J'étais chaque fois saisie par l'effet de proximité et d'éloignement de cet instant fugace, harponné pour l'éternité. Chaque fois, dans ce long couloir, je pensais au pouvoir fascinant et terrifiant de la photographie – une image arrêtée qui, ayant capté l'éphémère, ne cesse de dire ce qui n'est plus, de pointer ce qui ne reviendra pas.

L'escalier était là, devant moi.

Ou plutôt son squelette. Les montants sont debout, je les reconnais, mais les marches ont disparu. Les colonnes en pierre – carrées, aux fûts légèrement cannelés et surmontées d'un chapiteau ouvragé – sont intactes, ou presque. Les mains courantes des balustres ont résisté mais les moulures arrondies, dessinant un motif floral, ressemblent à un lé de dentelles troué. Une structure évidée, dont émane une beauté fragile et têtue.

– Pourquoi les marches ont-elles disparu alors que les piliers ont résisté ?

– Parce qu'elles ont été enlevées par des pilleurs, répond Nassim, sans sourciller.

Derrière les broussailles, j'aperçois une petite fille qui joue sur un tricycle dans la cour d'une villa. Une femme se tient derrière le rideau d'une fenêtre, pendant un instant j'ai l'impression qu'elle m'observe, puis le rideau retombe et la vision s'évanouit.

Enjambant les herbes hautes, sèches et cassantes, je m'avance vers la maison. Ce qui avait été la porte d'entrée de la bâtisse n'était plus qu'un trou dans la pierre. J'ai réprimé un tremblement, pris une inspiration pour calmer l'agitation.

Et j'ai franchi le seuil.

Tout était saccagé et superbe.

Les sols des trois étages n'existaient plus. Emportés aussi, après avoir été minutieusement découpés. Ne subsistait qu'un vide d'une hauteur de cathédrale, une fosse monumentale bordée par une façade percée d'embrasures en ogive. Un abîme aberrant, absurde, incohérent, je ne trouvais pas de mot, une excavation qui n'avait aucun sens. Des étages arrachés. De l'autre côté, inaccessible, se déployait le reste de la maison : des ouvertures qui ont été des portes, donnant elles-mêmes sur d'autres ouvertures, d'autres portes, des fenêtres.

Cette maison n'était pas une ruine de guerre. Elle était la guerre.

Un cri métallique – un lugubre craillement, peut-être une corneille, ou un corbeau – me fait sursauter. Venant de nulle part l'oiseau traverse l'immensité et plane en apesanteur dans ce décor muet subitement animé de sa présence, il se pose sur la saillie d'une encadrure, semble un instant me fixer de ses yeux jaunes puis disparaît dans le hors-champ des pièces du fond.

Soudain ma vue se trouble, les murs s'effacent et je me sens glisser au sol, rien d'effrayant – une apesanteur feutrée et enveloppante à laquelle je voudrais m'abandonner.

Nassim m'attrape par le bras, Est-ce que ça va ?

Les voix me parvenaient de très loin, comme étouffées par de la ouate – celle de Nassim, et puis une autre, quelqu'un m'appelle on dirait.

D'un geste ferme il m'éloigne de la cavité.

Nous sortons dans le jardin, je respire, la voix inconnue se précise, c'est celle d'une femme, peut-être celle que j'ai cru apercevoir derrière la fenêtre de la maison voisine. Elle s'avance vers nous.

Elle demande si vous êtes de la famille qui vivait ici, me traduit Nassim. Je dis Gabriel est mort. Visiblement troublée elle accuse le coup, elle l'a connu petit, lorsqu'il venait passer là ses étés et qu'elle jouait avec lui dans le jardin.

– Est-ce qu'il avait une femme, des enfants ?

J'hésite. Peut-être devrais-je dire que je suis sa femme ? Et puis non. Non, non, pas de femme, pas d'enfants.

Elle paraît indécise, puis me montre ce qu'elle tient dans sa main. Une grande enveloppe. Après les pillages et les bombardements, il restait des objets abandonnés çà et là, parmi eux une petite table, une sorte de bureau, jetée dans le jardin. Elle a emporté cette table, je l'ai prise vous comprenez, elle serait restée là sinon, dehors, se serait abîmée. Dans un des tiroirs il y avait cette enveloppe, elle l'avait entr'ouverte – juste quelques photos, et des lettres –, elle ne les a pas lues m'assure-t-elle, de toute façon elles sont en français. Elle l'avait refermée et mise de côté, au cas où quelqu'un viendrait un jour la réclamer. Plus personne ne viendra la réclamer, lui dis-je. Elle réfléchit quelques secondes, une décision qui compte on dirait, me tend l'enveloppe et s'en va.

III

Impossible de trouver mes clés. Accroupie sur le palier, je vide mon sac par terre en priant de ne pas les avoir oubliées dans la chambre du Phœnicia. Elles sont là, coincées au fond d'une poche.

Dans l'appartement, laissé sens dessus dessous par mon départ précipité, une lumière tiède tente de percer la chape de nuages, des gouttes de pluie viennent par intermittence moucheter les carreaux des fenêtres – tout semble s'être figé en attendant mon retour.

Ces dernières semaines n'ont été que chaos et confusion. Il faudrait penser à revenir dans cette vie que j'ai mise sur pause, recommencer à travailler, prendre des nouvelles des miens, inquiets de mes désordres et mes silences.

Le temps d'envoyer un message à mes enfants pour les avertir de ma réapparition (soulagés, ils moquent mes actes impulsifs et mes exils intérieurs), je range ma valise, en sors les photos, l'enveloppe remise par la voisine et une pierre – un monolithe arrondi, reste d'une balustrade ramassé dans le jardin de Bhamdoun.

Infimes empreintes de quelque chose dont j'ignore la nature, je ne sais ce qu'elles pourraient me dire, ni même quelles sont les questions auxquelles je voudrais qu'elles répondent. Fragments d'une histoire disparue – les pièces d'un puzzle dont je ne connais pas l'image à reconstruire.

Ce voyage n'a rien apaisé.

Je pose ce maigre butin sur mon bureau. À côté de la boîte en carton sur laquelle est écrit en rouge PAPA.

Elle est toujours là, évidemment, elle ne s'est pas envolée pendant mon absence, ne s'est pas évaporée par un tour de passe-passe ni par la force de la pensée. Ma table, jonchée des signes de mes morts, comme des cailloux déposés sur une tombe. Un mausolée, une stèle inerte.

Je me décide alors à l'ouvrir, cette boîte, me disant qu'il m'aura décidément fallu un long détour, un périple étrange en terre étrangère, pour enfin l'approcher. Assise par terre, j'en soulève le couvercle.

Tout est en vrac.

Des papiers administratifs, des vieilles cartes d'identité – mon père jeune homme sur les photos –, son permis de conduire, des notes prises sur des feuilles volantes de son écriture sibylline, quelques mots écrits par mon frère ou moi pour ses anniversaires, des extraits de correspondance dont je lis deux ou trois passages. Ce fouillis, tel un kaléidoscope duquel me reviennent des bribes de mon père, me remue comme une plongée dans un passé depuis longtemps révolu. Mais l'émotion – brute, stridente – appelant presque immédiatement les larmes, cette émotion qui pendant des années me saisissait à chaque évocation de mon père, cette émotion-là a disparu. Presque déçue – tout ça pour ça ? – je furète encore un peu d'un œil distrait en m'apprêtant à refermer la boîte.

Et soudain je m'arrête.

Au milieu de ce fatras, pliée en quatre – j'ai failli ne pas la voir –, je trouve, ou plutôt retrouve, une lettre que mon père nous avait écrite à mon frère et moi, une lettre posthume, qui nous était parvenue il y a de cela trente ans.

Tout me revient en mémoire. Je ne l'avais pas oubliée bien sûr, juste mise de côté en la déposant dans une jolie boîte en carton sur laquelle j'avais tracé au crayon rouge PAPA, pour ne plus y penser.

J'ai attendu que le soir tombe. Il me fallait la pénombre et le calme de la nuit. Recroquevillée sur mon canapé dans le halo d'une petite lampe, j'ai déplié la feuille, délicatement.

La lettre est datée du 14 mars 1968. La date figure à la fin, après la signature, *Votre père*, suivie de son nom et prénom. Il avait trente-trois ans, moi cinq et demi, mon frère à peine deux. Mon père est mort dix-neuf ans plus tard, le 23 juillet 1987, il venait d'avoir cinquante-deux ans, j'en avais alors vingt-quatre, mon frère vingt et un.

Un an après, à la mort de mon grand-père maternel, la lettre nous a été remise. Par qui, je ne sais plus. En 1968, mon père l'avait probablement confiée à mon grand-père avec instruction de nous la remettre au cas où il disparaîtrait. Mon grand-père en avait sans doute oublié l'existence et elle dormait quelque part dans ses papiers, à Tel-Aviv, depuis près de vingt ans.

Écrite à des enfants, elle est reçue par des adultes et je ne sais plus qui en moi est en train de lire – la petite-fille de cinq ans à qui elle est adressée, la jeune femme de vingt-cinq qui l'a reçue un an après avoir perdu son père ou la femme que je suis aujourd'hui. Le temps brusquement se dilue, les strates se mélangent, comme si défilaient et se superposaient en accéléré des portraits de mon frère et moi, à tous les âges.

S'adressant à mon frère, il dit *Tu as inondé la maison de ton sourire, tu ris aux éclats et te promènes avec ton allure fière. Pour le reste bien sûr, nous te connaissons encore mal puisque tu es si petit.*

Cette phrase me bouleverse. Mon frère, si petit, avec ses boucles étrangement blondes et son regard un peu étonné – une image qui me vient non pas de l'enfance, je n'en ai presque aucun souvenir, mais de photos collées dans l'album de famille –, mon frère si petit auquel mon père accorde pourtant, avec une générosité dont je mesure aujourd'hui la portée, la liberté d'être qui il est déjà, une personne à part entière, riche de tous les possibles qu'il ne devra qu'à lui-même.

Et à moi, sa fille, *tellement désirée*, dit-il, *tu ne nous as pas déçus, tu as été et tu es une enfant délicieuse, intelligente, vive et aimante.* Et puis il ajoute *je crois ma chérie que tu vas avoir une vie un peu difficile à cause de ton inquiétude, ta maturité et ta sensibilité humaine.*

Je me souviens de mon émoi en lisant ces lignes pour la première fois, il y a trente ans. Je venais de perdre mon père, mort trop jeune et trop vite, et soudain il réapparaissait, parlait à la petite fille que je n'étais plus et dont j'avais perdu la mémoire, ressuscitant de sa voix absente une part de moi inconnue. Pourquoi était-elle inquiète cette petite fille, et qu'est-ce qui la poussait à mûrir si vite ? Connaissait-il, lui, les raisons de ses peurs ? Pourquoi ne m'en disait-il pas plus. Je me demandais si ma vie l'était à l'époque, un peu difficile, parce qu'il avait eu raison de le pressentir ou parce que j'avais consenti à son regard. Ses mots ouvraient des fissures en étoile, menaçantes, ravivaient le manque de ce père que je n'avais pas eu le temps de connaître assez, et dont la mort m'avait effondrée.

Très vite je l'ai ensevelie, cette lettre, bâillonnée dans une boîte au fond d'une cave obscure.

Aujourd'hui je ne peux plus lui échapper. J'y reviens sans cesse, sans comprendre – que cherchait-il à nous dire ? Je traque un sens caché, une vérité insoupçonnée, la révélation d'un non-dit ancien qui émergerait soudain de ces lignes au trajet sinueux – entre Genève où elle est rédigée, l'armoire de mon grand-père à Tel-Aviv, et ma cave, des décennies de haltes erratiques – tracées de cette écriture en pattes de mouche qui était la sienne. De la boucle du temps jaillirait peut-être… quoi ?

Elle m'obsède et vient heurter, comme en écho, les ruines de Gabriel. Je voudrais coudre ces histoires – l'histoire d'une maison et celle d'une lettre –, assembler les pièces manquantes. Je ne sais quel fil, lien, corde, pourrait les tenir ensemble – *feuille caillou ciseaux, un deux trois*, je me souviens de ce jeu d'enfants, la feuille désarme la pierre en l'enveloppant.

Au-delà de la cavité qui est aujourd'hui le cœur de la maison, on entrevoit des brèches, des embrasures de portes ouvrant sur d'autres embrasures, d'autre portes ou fenêtres, certaines laissant filtrer la lumière. L'une d'elles est bouchée par des parpaings – qui donc l'a bouchée et pourquoi ? –, une profondeur de champ formée d'une succession de cadres.

Imprimées sur du papier cartonné et suspendues à un fil par de petites pinces en bois, les photos de Bhamdoun s'alignent sur le mur de mon bureau – un mur d'images, couvert de ruines.

Je les observe et pense à la carte postale d'un tableau de Samuel van Hoogstraten, punaisée depuis mille ans sur la porte d'entrée de mon appartement. Sur le blanc laissé au bas de la carte j'avais inscrit nos noms de famille, noms à rallonge, témoins des configurations diverses dans lesquelles j'ai habité ce lieu, des hommes avec qui j'y ai vécu, des enfants qui y ont grandi et qui ont aujourd'hui leurs noms sur d'autres portes.

Vue d'intérieur ou *Les Pantoufles*, c'est le titre, double, du tableau. Une vue d'intérieur dans laquelle il n'y a personne, contrairement aux scènes du quotidien du XVIIe hollandais, ni femme lisant une lettre, ni mère occupée aux soins d'un enfant, ni joyeuse compagnie buvant du vin. Personne. Un des tableaux hollandais que je préfère – ce que j'aime dans cette peinture est moins la représentation de la vie ordinaire que la construction de l'espace, faite d'enchâssements multiples.

Difficile de comparer l'intérieur propre et douillet parsemé d'objets usuels de van Hoogstraten avec l'image des décombres d'une maison saccagée. Il y a pourtant cette même succession d'ouvertures s'imbriquant les unes dans les autres, cette même profondeur de champ qui répercute le vide et l'absence.

Au cadre de l'œuvre, bordé sur la droite par une porte ouverte dont on aperçoit le loquet en métal, succèdent deux chambranles qui s'emboîtent, séparés par un couloir. Trois cadres qui invitent à entrer dans une pièce où sont disposés des objets visibles à moitié, tronqués, comme interdits au regard. Invitation à voir, dont les portes ouvertes sont comme la signalétique, immédiatement désavouée par une réticence à montrer.

Sur le mur du fond, deux tableaux. De celui de gauche on n'aperçoit que le châssis noir tandis que l'autre suggère, malgré le lointain dans lequel il apparaît, une scène de genre, de celles que le peintre a sciemment évitées dans son propre

tableau. Celle-ci est une variante empruntée à un autre artiste, Caspar Netscher, elle-même dérivée d'un tableau de Gerard ter Borch, *La Remontrance paternelle*. On y devine une jeune femme de dos, debout devant un lit à baldaquin dont les tentures rouge vif sont tirées.

L'ensemble des objets semés dans l'espace par van Hoogstraten – des pantoufles et un balai abandonnés sur le seuil, une bougie éteinte et un livre oublié sur le guéridon – seraient les indices de ce qui se trame en la demeure : la fée du logis a quitté ses attributs de bonne ménagère pour des activités plus érotiques. Ce que le tableau du fond révèle tout en rétablissant la morale.

Il faut ces cadrages successifs, comme autant de signes disposés dans la profondeur, pour guider le regard vers ce qui – en arrière-plan, à droite,

à peine perceptible – dévoile le sens du tableau que nous avons sous les yeux et révèle ce qui est absent à l'image.

Derrière les rideaux écarlates du lit emprunté à Netscher se noue le récit – un récit en creux, un récit secret dont le peintre nous ouvre les portes, multipliées à l'excès, dans un jeu consistant à montrer qu'il cache.

J'observe le tableau, puis la photo, et le tableau encore. La maison de Bhamdoun est un bloc de réel, pas une construction artistique semée d'embûches interprétatives. Je ne sais pas quels secrets recèle le mutisme de l'image que j'ai capturée dans la montagne libanaise.

Je ne vois que le quotidien pulvérisé par la guerre, des cadres bordant du vide. Comme si manquait le tableau du fond, celui qui livrerait le mystère, la toile sur laquelle viendrait s'imprimer le reflet de ce qui n'est plus.

Au lointain, des restes de carreaux de faïence blancs, dans ce qui devait être une cuisine ou une salle d'eau. Des restes de vie arrachée.

Vue d'intérieur après destruction.

Est-ce la dévastation ou les traces d'une vie qui a existé qui me trouble tant dans cette image ? Peut-être l'obstination des ruines malgré la catastrophe. Le vide qui dit en creux le plein.

La maison était restée pour Gabriel un horizon du bonheur et de l'innocence, une image d'Épinal sans doute, qui l'avait néanmoins aidé à tenir debout. Son socle dans les tempêtes, nombreuses. Il lui fallait ne pas revenir, il lui fallait garder cette maison intacte.

Je ferme les yeux et essaye d'imaginer la vie, les bruits de la vie, les objets et les couleurs de la vie, tout ce qui aujourd'hui n'existe plus dans cette carcasse monochrome et silencieuse, Gabriel enfant puis adolescent dans cette cuisine.

Et soudain je pleure mon enfance de laquelle n'émerge aucune maison, pas même en ruine.

Mon père ne dit rien des circonstances qui l'ont poussé à écrire, ce 14 mars 1968, il ne dit rien des raisons qui, ce jour-là, lui ont fait envisager sa propre disparition. Qu'est-ce qui rendait nécessaire, et urgente, sa rédaction ?

Cette énigme m'absorbe comme une vis sans fin, un forage voué à l'échec, à l'inaccomplissement du moins. Effet paradoxal de toute dernière missive qui fige le sens dans son incomplétude – les morts ne répondent pas.

Peut-être ce 14 mars 1968 était-il la veille d'un des voyages lointains qu'il faisait pour son travail, s'absentant parfois de longues semaines. Mais il ne le dit pas. Peut-être, sans doute même, se prépare-t-il à partir en Asie ou en Afrique pour une longue mission. Physicien, il travaillait à l'époque pour le B.I.T., le Bureau international du travail, chargé d'aider les pays qu'on appelait alors du tiers-monde à s'informatiser quand s'informatiser supposait des machines gigantesques. Peut-être a-t-il été saisi par l'angoisse de ne pas revenir, mais il ne le dit pas.

Mes enfants chéris, j'espère que votre maman est là et qu'elle pourra vous aimer et vous aider encore longtemps.

C'est la première phrase de la lettre.

Je ne comprends pas.

Pourquoi envisage-t-il l'absence de notre mère ? S'il écrivait pour être lu dans un futur proche, anticipant une disparition imminente, il n'aurait pas évoqué cette hypothèse : ce 14 mars il part seul, sans ma mère qui devait rester avec nous, je le sais parce qu'il lui a écrit à elle aussi, ce même jour, une lettre à dessein posthume.

Sa lettre aurait donc vocation à conjurer toute éventualité de disparition dans un temps indéterminé, une lettre post-mortem sans date de péremption en quelque sorte, à compter de ce 14 mars 1968 dont je ne sais rien.

Une lettre dans laquelle mon père saisit pourtant ces enfants à un moment précis de leur histoire, celui d'une petite fille trop sensible et d'un petit garçon qu'il ne connaît pas bien encore parce qu'il est si petit – tellement ancrée dans le temps, cette lettre, qu'elle se périme presque instantanément.

Il n'écrit pas pour prendre congé, sa lettre n'est pas un adieu, au contraire, il escamote le passage, le seuil entre sa vie et sa mort, comme s'il s'était déjà éclipsé, comme s'il écrivait depuis l'absence.

Plus je la relis et plus elle m'apparaît hantée par un non-dit portant sur le geste même, celui de rédiger, à trente-trois ans, une lettre posthume dénuée de tout contexte ou explication. Comme si, au cœur même de sa lettre, mon père creusait un vide qui en aspire le sens tout en signalant – ce vide, ce silence soudain assourdissant, tout cela crie dans ma tête en cet instant – qu'il y a là, tapi dans ses mots, quelque chose qu'il ne peut, ne veut ou ne sait pas dire.

*

Hier je l'ai montrée à une amie. C'est la lettre de quelqu'un qui va se suicider, a-t-elle dit sans hésiter. L'idée m'avait effleurée. Je l'avais aussitôt écartée. Et si mon amie avait raison ? S'il avait, peut-être pas décidé, mais au moins souhaité, non pas mourir mais disparaître ?

J'ai fouillé ma bibliothèque et les librairies, à la recherche de dernières lettres qui, comme celle de mon père, ont été rédigées pour être lues post-mortem. Ce qui les relie, c'est l'imminence de la mort – celle des suicidés, des condamnés à l'échafaud ou au peloton d'exécution, des soldats engagés dans une bataille qu'ils savent fatale. Ces lettres s'écrivent dans l'urgence de la mort à venir.

Nulle trace de cela dans celle de mon père.

Une formule me frappe, qui revient presque à l'identique, tel l'incipit d'un rituel, *Lorsque vous lirez cette lettre, je ne serai plus de ce monde* – un Je, vivant, parle depuis la mort –, formule qui manque à la lettre de mon père. Aucune de ces lettres ne ressemble à celle que mon père a laissée, aucune ne lui ressemble parce que le projet de mon père reste impénétrable.

Je lis *Ce qu'aimer veut dire* de Mathieu Lindon. Son père lui écrit cinq ans avant son décès des mots qui lui parviendront au lendemain de sa mort. Cette lettre, immensément apaisante j'imagine pour celui qui la reçoit, poursuit un objectif limpide dont elle développe les prémices et l'issue. Jérôme Lindon y raconte n'avoir pas formulé à son propre père, sur son lit de mort, la gratitude qu'il éprouvait à son égard. Il ajoute, de façon surprenante, *J'ai gardé le silence et, depuis, je ne l'ai pas regretté : qu'avait-il à faire de mes remerciements au moment où il partait ?* Sa lettre s'inscrit dans une filiation, un récit qui traverse les générations. Il fait le lien entre son père et le fils à qui il s'adresse, trouvant dans cet aveu étouffé la raison des mots qu'il lui destine, depuis la vie, sous la forme d'un message à lire après sa mort : *Quand tu liras cette lettre, j'aurai disparu à mon tour, mais toi tu auras encore beaucoup d'années à vivre. Aussi, la gratitude que je n'ai pas cru devoir manifester à mon père, je crois tout à fait opportun de te l'offrir à toi. [...] J'espère seulement que j'aurai le sentiment, le moment venu, de ne t'avoir causé aucun tort grave, ce qui me donnera le droit de te demander, en t'embrassant, de m'oublier.*

Un geste d'une clarté lumineuse et d'une générosité infinie, qui arrime son destinataire à un récit familial tout en lui donnant les clés de sa propre histoire. Ce qu'aimer veut dire.

À sa manière un peu naïve, mon père dit aussi la gratitude, celle d'avoir eu des enfants – *un merveilleux cadeau*. Il dit aussi l'oubli, dans une des phrases les plus énigmatiques de sa lettre, *Si vous avez des problèmes, ne croyez pas qu'ils soient dus à mon absence. J'aurais aussi parfois été injuste et souvent vous ne m'auriez pas compris.*

Il dit *Vous aurez besoin de courage et d'amour.* Il dit *Soyez heureux et forts.* Il dit encore *Mes enfants chéris, il y a des tas de choses que je voudrais vous dire et même je suis tenté de vous donner des conseils. Mais c'est inutile. Beaucoup dépendra de vous et des circonstances.*

Dans ces mots, en filigrane, ma vie à venir sans lui. Ma vie largement vécue aujourd'hui, avec ses heurts et ses bonheurs et ses regrets, ses intensités – ma vie presque passée.

Ce matin je suis allée sur la tombe de Gabriel. J'y ai déposé le morceau de balustrade ramassé à Bhamdoun, et je lui ai parlé. De la maison de son enfance et de la lettre de mon père.

Je lui ai dit tout ce que je lui aurais dit s'il avait été là, si nous avions été affalés ensemble sur le sofa de son atelier. Je lui ai même parlé de Derrida, des souvenirs que j'avais d'un cours à l'université sur *La Carte postale*, un pavé complexe et énigmatique dont je n'avais de loin pas tout compris mais dont m'était revenue une phrase qui parlait de l'impossible destination de toute missive. J'avais cherché la phrase, l'avais finalement retrouvée et notée, un peu raccourcie, sur un bout de papier, pour la lire à Gabriel, ici, sur sa tombe.

Plus jeune j'allais sur celle de mon père lorsque j'avais besoin de m'éclaircir les idées, j'y allais avec des notes de tout ce que je voulais ne pas oublier de lui dire, et je lui parlais, assise sur la stèle où est gravé le verset étudié par mon frère pour sa Bar Mitzvah :

שְׁאַל אָבִיךָ וְיַגֵּדְךָ זְקֵנֶיךָ וְיֹאמְרוּ לָךְ

DEMANDE À TON PÈRE IL TE LE DIRA,
À TES AÏEUX ILS TE L'APPRENDRONT. DEUT 32.7

J'ai lu la phrase à Gabriel, pas à haute voix – cela n'arrive que dans les films –, je l'ai lue dans ma tête, en bougeant un peu les lèvres peut-être, *Une lettre peut toujours – et donc doit – ne jamais arriver à destination. Et ce n'est pas négatif, et c'est bien, et c'est la condition (tragique, certes, et nous en savons quelque chose) pour que quelque chose arrive.*

J'ai imaginé ses réponses, comme j'imaginais jadis celles de mon père, mais Gabriel, comme mon père, ne disait jamais ce que je pensais qu'il allait dire.

Peut-être une des qualités de Gabriel qui me manque le plus, cette faculté à penser en biais, à trouver un angle différent, à déconstruire mes raisonnements méticuleusement échafaudés – j'espérais chaque fois obtenir d'emblée son acquiescement, un assentiment qui m'aurait confortée et réconfortée, mais non, il trouvait toujours le point aveugle, celui auquel je n'avais pas voulu me confronter. Ça me ravissait autant que ça m'agaçait – avec Gabriel tout était à la fois passionnant, et épuisant. Parfois je voulais juste entendre ce dont j'avais besoin, et je m'énervais, J'ai besoin que tu me dises que tu es d'accord, il répétait alors docilement Je suis d'accord et ça ne soulageait rien.

Je lui ai dit combien ses histoires me manquaient, je lui ai dit ces moments où je me les raconte pour qu'elles ne s'évanouissent pas. Des morceaux m'échappent déjà, et je confonds des épisodes je crois, et les personnages et les lieux et les dates, peut-être d'ailleurs les mélangeait-il lui-même. Tu brouillais les pistes n'est-ce pas ? et rajoutais des péripéties, non ?

Le début de la guerre, je ne me souviens plus, où étais-tu ? Mille fois il m'a raconté le bus qui a explosé le 13 avril 1975 dans son quartier. Ce jour où deux hommes, des chrétiens, ont été assassinés lors de l'inauguration d'une église et qu'en représailles une fusillade a éclaté contre un bus palestinien, tuant vingt-six personnes. Le premier jour du reste de la guerre, celui où l'engrenage de la violence s'est emballé.

A-t-il vu l'explosion ? Ou l'a-t-il seulement entendue ? Ou peut-être ni l'un ni l'autre, peut-être n'était-il même pas chez lui ce jour-là, mais l'événement a bien eu lieu dans la rue perpendiculaire à celle où il habitait, je le sais, je suis allée voir cette maison-là aussi, la maison d'Aïn el-Remmaneh.

Il n'allait plus à l'école, il n'y avait plus d'école, mais pourquoi sa mère le laissait-elle sans surveillance alors que c'était la guerre ? Comment a-t-il pu s'approcher des milices phalangistes, et porter une arme ? Je ne sais plus. Et son grand-père, ce grand-père tant aimé qui l'a élevé parce que son père a disparu avant même sa naissance, où était-il ? Tout se mélange.

Et surtout, pourquoi, pourquoi n'y es-tu jamais retourné à Beyrouth ?

Nous aurions eu plein d'idées, plein de projets pour cette maison. Nous n'en aurions sans doute réalisé aucun, mais les échafauder aurait occupé nombre de nos soirées. Peut-être aurions-nous inventé un catalogue virtuel, élaboré une fiction dont cette maison aurait été le personnage principal. Nous aurions certainement envisagé d'en préserver les stigmates, comme la Maison jaune, ou imaginé l'envelopper d'un cube de verre, un écrin pour les sculptures de Gabriel, ses sculptures desquelles émane toujours une tension entre le lourd et le mobile, l'évanescence et l'ancrage solide. La construction et la destruction.

Une des premières œuvres que j'ai vue de lui – c'était une exposition collective à Beaubourg, nous venions de nous rencontrer – était un pilier ouvragé, très beau, fort et droit comme un i, stable, impavide, d'apparence inébranlable, un pilier au-dessus duquel il avait installé un chéneau d'où coulait un filet d'eau, goutte par goutte, avec une régularité de métronome. L'eau érodait le pilier, qui s'amenuisait et s'affaissait et s'avachissait un peu plus chaque jour. Il avait calculé, espéré en tout cas, que le débit d'écoulement permettrait à sa sculpture éphémère de n'être plus qu'un amas de terre au dernier jour de l'exposition.

J'ai erré un long moment dans le cimetière, suis arrivée sans le vouloir dans le carré réservé aux enfants où sont alignées des petites tombes de tailles différentes, serrées les unes contre les autres. Je déchiffrais les inscriptions dont certaines, très anciennes, étaient presque effacées. Des dates, séparées tantôt par quelques jours, quelques semaines ou quelques années, accompagnées de mots d'adieu, parfois même d'une photo insérée dans la pierre – la douleur des parents, cristallisée dans les stèles.

Une phrase de mon père cognait dans ma tête. *Puis vous êtes venus. D'abord un premier bébé né au 7e mois qui, heureusement, n'a pas vécu.*

Il ne m'en avait jamais parlé, n'avait jamais mentionné de son vivant cet enfant né, et mort, un an avant ma naissance. Un bébé disparu, à peine évoqué, juste quelques mots, comme une parenthèse – et ce tragique *heureusement* dont il ne dit rien.

Je savais pourtant. Des années plus tôt, j'étais encore une petite-fille, ma mère me l'avait raconté – un nouveau-né mal formé, sans bras ni jambes.

Est-ce là le cœur de la lettre, sa raison d'être ? Dire ce qui n'a jamais été dit ? Cet enfant, dont il a décidé qu'on ne devait plus jamais parler, que ce n'était pas un sujet (on est en 1961, la psychologie n'a pas encore infusé, mon père fait ce qu'il peut), il l'a expulsé du langage, se persuadant peut-être que n'ayant jamais vraiment vécu, si ce n'est le temps de naître et de mourir, cet enfant n'était pas vraiment né, et donc pas vraiment mort, que ce n'était pas un deuil, juste quelque chose qui fait horriblement mal – mais la douleur, n'est-ce pas, il suffit de ne pas en parler pour l'oublier.

Cet enfant est né pourtant. C'était un garçon – prématuré, malformé, mais vivant. A-t-il poussé un premier cri, exhalé un premier souffle ? On l'a emmené. Qu'est-il devenu ? Comment est-il mort ensuite ? Au bout de combien de temps ? C'était il y a soixante ans, le bébé n'a pas été enregistré à l'état civil, n'a jamais eu de tombe. Peut-être seulement jeté dans un sac en plastique. Violence tue, verrouillée, cadenassée. La crypte mortuaire de cet enfant a été le silence, et le secret.

Si ce n'est pas le cœur de la lettre, ou sa raison d'être, c'est en tout cas son trou noir. Le retour de ce qu'on ne peut simplement évacuer d'un tour de passe-passe de la raison, comme devait le penser mon père, être de raison avant tout.

Il écrit à ses enfants ce qui a pour vocation d'être ses derniers mots, et l'enfant qui n'a jamais vécu ressurgit. Il a bien eu trois enfants, assisté à trois naissances, cet enfant devait être là. Il l'a laissé revenir – comme une parenthèse, une incidence surgie d'outre-tombe.

Je suis retournée sur mes pas, lentement, vers Gabriel.

Cet enfant est inscrit en moi, je l'ai toujours su. Mais j'ignorais à quel point.

Il y a quelques jours, alors qu'en déchiffrant les derniers mots de mon père je le voyais sortir à nouveau des limbes, un événement m'a révélé que cette expression, inscrit en moi, n'a rien d'une métaphore.

Cet enfant est – littéralement – gravé dans mon identité.

Assis près de ma mère dans l'Ehpad où maintenant elle vit, mon frère et moi parlions de choses et d'autres. Une discussion légère, plutôt joyeuse. De fil en aiguille mon frère raconte avoir évoqué la mort de cet enfant, survenue bien avant sa naissance, lors d'une séance avec sa thérapeute. Votre sœur porte-t-elle un nom de garçon ? a-t-elle alors demandé. Il a répondu non, non pas du tout, puis s'est repris en réalisant que mon prénom, en Israël, est en effet un prénom masculin – lorsque nous y vivions, j'y avais d'ailleurs ajouté un « a » final pour le féminiser. Mais en français, à l'écrit du moins, le redoublement du « l » final, mes deux ailes, est sans ambiguïté et jamais je n'avais imaginé que mon prénom pouvait avoir un quelconque lien avec l'enfant disparu.

Ma mère semblait ne pas vraiment écouter, demandant par moment de quoi nous parlions pour retourner aussitôt à sa torpeur.

Et tout à coup, du fond de sa léthargie et d'une voix un peu rauque, elle a dit Si cet enfant avait vécu, il se serait appelé Uriel.

Mon prénom, à une voyelle près.

Je suis rentrée chez moi, sonnée.

Sur une feuille je traçais nos deux prénoms, comme sous hypnose, je les alignais, les assemblais, les superposais jusqu'à ce que la page en soit entièrement maculée.

Et puis au verso, sur une page encore vierge, j'ai écrit Uriel en hébreu. Alors cela m'a sauté aux yeux.

En français la presque homonymie tient à la permutation de la première voyelle. Mais en hébreu, le [u] devient [a] par soustraction. En retranchant une lettre, le vav / ו accolé à l'aleph / א initial.

Arielle אריאל / אוריאל Uriel

Une voyelle manquante, ce vav / ו, me sépare de lui, cet enfant – inscrit, gravé, en toutes lettres moins une, dans mon prénom.

Une voyelle éminemment genrée : le vav, en hébreu, indique le masculin.

J'ai donc toutes les lettres de l'enfant mort, sauf son sexe.

Vav, de surcroît, n'est pas seulement une lettre mais aussi un mot qui signifie *et* – conjonction de coordination qui vient lier l'hétérogène. Un mot d'une lettre qui, dans le texte biblique, possède un pouvoir presque magique : placé devant un verbe conjugué, il transforme le passé, ce qui est accompli, en futur, et le futur en passé.

Vav inverse le temps.

Je découvre soudain que je portais sans le savoir, au plus intime de moi, la trace en creux d'un passé inaccompli, celle d'un enfant mort et du secret dans lequel il a été enseveli. Ce vav perdu, comme un défaut de construction incrusté dans mon prénom, me marquait du sceau de l'absence, gravait l'empreinte d'une perte – un vide que j'ai si souvent éprouvé et dans lequel, parfois, j'ai failli tomber.

Les pavés d'une impasse plongée dans l'obscurité, le brouillard monte du bitume, on dirait un faubourg de Londres dans un vieux film en noir et blanc. Du fond de la pénombre, un néon fluorescent se met subitement à clignoter puis se démultiplie, des dizaines, des centaines de tubes de toutes les couleurs s'allument les uns après les autres – l'espace saturé de lumière ressemble maintenant à un quartier de Tokyo – tandis qu'apparaît un écran vidéo animé d'une scène du passé que je reconnais, à peine étonnée de la voir défiler ainsi dans cette rue japonaise.

Je me réveille en sursaut. Les yeux grands ouverts dans le noir j'essaye de fixer la scène, telle une photo sortie du bain de développement.

Je suis adolescente. Ma mère vient de faire une crise, une crise de plus (je ne me souviens plus des circonstances) et nous sommes dans la voiture, seuls tous les deux, mon père et moi. Il s'arrête au bord de la route, non loin de la maison, et il pleure. À chaudes larmes. Il sanglote et dit Elle va tous nous emporter avec elle dans son gouffre.

Le visage de mon père, je me le rappelle, de profil, tête baissée, les mains à plat sur le volant. En arrière-fond, la chaussée bordée d'arbres dont je vois bouger les feuillages à travers le pare-brise.

Mais la silhouette de l'adolescente assise sur le siège avant reste dans l'ombre, figée. Inerte. Impossible de me souvenir, et d'éprouver, ce qu'à cet instant je ressentais.

Quand l'image du gouffre lui était-elle apparue ? Pressentait-il, en 1968, la défaite à venir ?

Toi ma fille je sais que très vite tu deviendras la compagne et l'amie de ta maman. Écoutez bien maman. Si vous avez des problèmes, même si elle est concernée, demandez-lui conseil. Elle est capable de juger objectivement en toute circonstance.

Le pensait-il ?

Restez bien unis autour de votre maman d'abord qui j'espère vous donnera un autre papa. Si vous avez des problèmes, ne croyez pas qu'ils soient dus à mon absence. J'aurais aussi parfois été injuste et souvent vous ne m'auriez pas compris.

Il imagine un scénario dont il s'éclipse (mais où ? est-il mort, disparu, parti ? ou fantôme de sa propre vie ?) et invente le personnage d'une mère solide capable de *nous aimer et nous aider encore longtemps* – personnage d'une fiction où, malgré son *absence*, tout finirait bien.

Autour de moi le silence de la nuit se brise par instants en éclats de voix. Des noctambules enjoués ou des insomniaques traînant leurs défaites. Je n'allume pas la lumière, retiens les ombres.

J'aurais voulu qu'il me parle de lui, de l'homme qu'il était et de ce qu'il éprouvait, qu'il me parle de l'enfant mort et de l'inquiétude de cette petite fille.

Mais sa lettre, me dis-je, sa lettre sonne comme une version officielle, celle qu'on donne à des enfants pour les rassurer, ou un récit auquel peut-être, en 1968, il voulait croire encore.

Une histoire jolie, *tout n'était pas facile mais la perspective d'être ensemble nous a beaucoup aidé*, avec un papa et une maman qui s'aimèrent très jeunes, se marièrent et furent très heureux. Une d'image d'Épinal qu'il enjolive de couleurs vives et naïves, *nous étions étudiants, nous avions une belle vie, avec peu d'argent, beaucoup d'idées et d'amour*, mais qui – telle une photo trônant sur une cheminée ou un piano, une photo arrangée où les parents et les enfants courent sur la plage en souriant sous l'œil averti du photographe – ne sert qu'à masquer le désastre.

Une autre scène s'imprime dans le noir. Nous rentrons d'une soirée au théâtre, *En attendant Godot*, je me rappelle l'arbre, les godillots de Vladimir et Estragon. Dans la voiture une dispute éclate entre mes parents. À un feu rouge, aux abords du grand pont qui traverse le lac, ma mère ouvre la portière et descend. Arrivés à la maison, mon père et moi nous installons devant la télévision. Soudain la clé tourne dans la serrure, ma mère entre, court dans sa chambre, mon père alors se lève d'un bond et se précipite derrière elle comme s'il avait compris ce qui allait se passer.

Lorsque j'arrive, quelques secondes après, ma mère a déjà enjambé le balcon – nous habitions au neuvième étage – elle est de l'autre côté, agrippée à la balustrade. Mon père la tient par un bras, j'attrape l'autre, tire de toutes mes forces. Son corps suspendu dans le vide, trop lourd, sa main qui glisse dans les miennes – entre mes doigts, bientôt, la manche vide de son manteau.

C'est la fin, la chute inéluctable.

Je ferme les yeux et pousse un hurlement sans fin qui me déchire encore.

Un éclair traverse l'obscurité de ma chambre, suivi d'un tonnerre furieux, des trombes d'eau accompagnées de rafales qui frappent les vitres entr'ouvertes dont les pans claquent par intermittence. Je devrais me lever, fermer cette fenêtre. Je ne bouge pas.

*

Ma mère n'est pas tombée.

Elle a finalement posé un pied sur l'appui du parapet, remonté le haut du corps, mon père l'a empoignée par les épaules et basculée vers l'intérieur.

J'imagine mon père, ce 14 mars 1968 (c'était un jeudi, j'ai vérifié), veille d'un voyage lointain. Peut-être est-ce la nuit, peut-être aussi une nuit de tempête et d'insomnie. Peut-être la fin de journée a-t-elle été le théâtre de cris et de larmes, peut-être même mon frère et moi avons-nous été témoins de la scène. Il est assis dans le fauteuil noir du salon, ou dans le canapé, fumant un de ses petits cigarillos. L'orage se déchaîne, inquiet pour notre sommeil il écrase son cigarillo dans le cendrier en lapis violet posé sur la petite table basse, il se lève, pousse la porte de notre chambre et nous regarde dormir, caresse la tête de mon frère, puis la mienne, de ce geste qui m'apaisait instantanément et dont je perçois encore, physiquement, la sensation de douceur mêlée de fermeté – cette façon bien à lui de poser toute sa main bien à plat au bas de mon front, à la hauteur des sourcils – et puis il sort, ferme la porte et retourne au salon. De longues minutes passent, des heures peut-être, il ne bouge pas, si ce n'est ses doigts qu'il croise en craquant une à une ses articulations. Je suppose la peur sourde d'un danger qui rôde. Dans la solitude de la nuit peut-être est-il assailli par des visions qui l'obsèdent, des pensées confuses – même présent, il ne pourra pas, ne saura pas nous protéger, il le sait déjà –, un pressentiment qu'il tente de conjurer et d'éloigner. Peut-être est-il alors saisi par l'angoisse, et le désir, de disparaître.

Il quitte alors son fauteuil, prend sa sacoche posée dans l'entrée, en sort un bloc de papier à carreaux et le stylo doré que je lui ai toujours connu, s'installe à la table de la salle à manger, et il nous écrit.

Dans l'interstice du cadre bordant le miroir en stuc doré au-dessus de la cheminée – un miroir qui appartenait à mon père – j'ai glissé une photo, toute petite, carrée, aux couleurs presque effacées.

Je dois avoir dix ou onze ans, je suis assise en biais sur les genoux de mon père, un bras glissé derrière son cou, à l'ombre d'un parasol jaune devant la villa mitoyenne où nous vivions en Israël. L'image n'est pas belle, on n'y voit pas grand-chose, il ne s'y passe rien, juste lui et moi, là, sur cette terrasse sans attrait où trônent une table et des chaises en plastique blanc.

Une complicité émane pourtant de ce rien. Nous avions, témoigne la photo, nous avions mon père et moi des moments de tendresse ordinaire, des instants de quotidien, loin des éclats qui ont oblitéré les souvenirs que j'ai de ces années-là, les recouvrant au point de faire écran à tous les autres, au souvenir de ce père que je n'ai pas assez connu. Je me rappelle cette façon qu'il avait d'éprouver mes opinions toutes faites, argumentant contre lui-même afin de pousser plus loin ma réflexion. Je m'efforçais de ressembler à mes camarades du lycée en adoptant leurs points de vue, mais mon père débusquait les idées reçues, disputait chaque certitude ou croyance, se mettait dans la position d'un punching ball contre lequel je faisais mes armes – et moi je lui en voulais de ne pas me laisser être tranquillement comme tout le monde.

Il n'a pas eu la force de déjouer les crises, les manipulations et les chantages, n'a pas su nous protéger du drame qui se jouait dans sa maison. J'ai compris plus tard, trop tard, qu'en éprouvant ma capacité à réfléchir, en exerçant mon esprit critique, il m'a non seulement construite mais sauvée. Sauvée de la folie où notre mère nous entraînait.

Au moment de mourir, dix-neuf ans après avoir écrit cette étrange lettre, il n'a pas formulé de dernières volontés ni d'ultimes conseils, n'a pas édicté de morales ni de règles de conduite, n'a pas pavé de bonnes intentions le chemin à suivre. Non, il est parti en m'affranchissant de tout ce qui verrouille et emprisonne. Il m'avait offert de son vivant ce qu'il avait à me transmettre, un legs inestimable – le désir d'apprendre, de comprendre, de réfléchir et de tout remettre en question.

Et en cet instant, tandis que je pense à lui, c'est son rire que j'entends. Mon père avait un rire merveilleux, un rire plein, profond, qui s'accompagnait immédiatement de larmes, des larmes de rire. J'adorais le rire de mon père et, plus encore, faire rire mon père.

*

Je peux maintenant lui rendre la lettre. Avec amour. Juste lui dire Je te la rends, parce qu'une lettre, posthume de surcroît, *peut toujours – et donc doit – ne jamais arriver à destination.* Parce qu'elle a dû faire ces tours et ces détours, connaître ces atermoiements et ces intermédiaires, ces années dans l'armoire de mon grand-père, ces années encore dans ma cave, pour que je puisse vraiment la recevoir. Et la lire, apaisée. *Et ce n'est pas négatif, et c'est bien, et c'est la condition (tragique, certes, et nous en savons quelque chose) pour que quelque chose arrive.*

IV

Une photo de mon père, une des dernières sans doute, le montrait assis devant la longère provençale de la femme avec qui il vivait depuis peu – je la connaissais à peine (où est-elle cette photo ? perdue sans doute). Il lit, assis, un bob sur la tête. J'ai un souvenir très précis de cette image et de l'impression qu'elle a faite sur moi il y a plus de trente ans. Une image à la dérobée prise par cette femme, d'un œil tendre – cela se sentait, j'en avais été infiniment touchée –, un regard ému et amusé sur mon père accaparé par sa lecture, auquel elle n'imposait ni de regarder l'appareil ni de sourire, juste d'être ce qu'il était, un homme rayonnant d'intelligence et de gentillesse en train de lire avec son bob un peu de guingois sur la tête.

Avec l'argent hérité à sa mort, j'ai acheté une petite maison dans un hameau du Vaucluse.

Gabriel m'avait accompagnée dans mes recherches, nous en avions visité des dizaines, et j'étais tombée amoureuse de celle-là, parce qu'elle ressemblait aux maisons que dessinent les enfants : un rectangle, percé de six fenêtres aux volets verts, avec une tonnelle sous laquelle traînait un banc en bois, vert.

J'ai acheté cette maison, j'y passais mes étés, joyeux pour la plupart, avec les hommes que j'ai aimés et mes enfants. La minuscule chambre dans laquelle dormait mon fils aîné est devenue un dortoir avec deux lits superposés, pour ma fille, puis mon cadet, arrivés chacun à sept ans d'intervalle. Gabriel occupait la chambre d'amis à laquelle on accédait depuis la cour par une échelle de meunier.

J'avais une jolie petite maison dans un joli petit hameau du Vaucluse mais la nuit je faisais des cauchemars, la maison disparaissait, se désagrégeait, il n'en restait qu'un tas de poussière.

Quinze ans plus tard, alors qu'elle ressemblait enfin à ce dont j'avais rêvé – le jardin de curé regorgeait de genêts, de lavande et de roses trémières, la tonnelle était recouverte de trompettes de la mort orange (drôle de nom pour de si jolies fleurs) –, quinze ans plus tard, du jour au lendemain, sur un coup de tête, je l'ai vendue, soulagée, vendue avec tout ce qu'elle contenait, les meubles, la vaisselle, les draps, tout.

Un de mes fils y est retourné dernièrement avec sa femme, ils ont sonné, les propriétaires les ont fait entrer et il m'a envoyé des photos : rien n'avait changé. La même table, la même théière, la même coupe à fruits, les mêmes rideaux.

Il y a des maisons qui sont des ancres, des maisons matrices auxquelles s'accrocher. Des maisons-récits, des havres réels ou fantasmés vers lesquels revenir. Toutes me fascinent, toutes me sont étrangères.

Telle maison comme une frégate amarrée dans une baie normande, comme un roc, un baobab auquel se riveter par temps de tempête.

Ou une maison quittée, maison des origines avant l'exil, la maison dans les Carpates d'Aharon Appelfeld vers laquelle inlassablement le ramène l'écriture, celle d'un temps heureux précédant l'apocalypse.

La maison de famille au centre de Lübeck racontée par Thomas Mann, celle des *Buddenbrook* dont Tony tente d'empêcher la vente, *chaque fois que Dieu réduisait ma vie en miettes, je savais que je n'étais pas encore perdue. Je connaissais un endroit, un havre sûr en quelque sorte, où j'étais chez moi et à l'abri, où je pouvais me réfugier dans toutes les tribulations de la vie. Quand nous étions petits et que nous jouions à la guerre, il y avait toujours un « abri », un endroit où l'on pouvait se réfugier quand on était en danger et dans la peine, d'où l'on ne pouvait pas être délogé, et où l'on pouvait se reposer en paix. La maison de maman, c'était mon « abri » dans la vie. Et maintenant… et maintenant… la vendre…*

Tandis que j'interroge des traces et des ruines, superpose une maison éventrée et le vide laissé par l'absence d'une autre, tandis que je poursuis des fantômes et déchiffre les pattes de mouche de mon père revenues d'outre-tombe, tandis que je reviens à cet enfant jamais né dont l'ombre a sans doute imprégné le fond d'inquiétude qui ne m'a jamais lâchée, ce jour-là, le 4 août 2020 à 18 h 07, Beyrouth explose.

Ou plutôt implose. Non pas bombardée par des avions arrivés de Syrie ou d'Israël mais avalée de l'intérieur, aspirée dans un cratère de quarante-trois mètres, le champignon rose que l'on voit en boucle sur les réseaux l'ayant comme gobée.

Il y a eu un flottement. On ne sait plus quel jour on est. Tout est suspendu, tout est bousculé, remis à plus tard. On ne sait même plus si plus tard existe encore. J'écoute Charif Madjalani à la radio. *On a vécu la guerre civile, mais ça, on n'avait jamais vu.* Les témoins disent tous cette phrase, on a vécu la guerre civile, mais ça, ça, on n'avait jamais vu.

Impossible d'échapper à la sidération. Le massacre de la ville, les éboulis de pierres et de verre brisé, les façades effondrées dénudant des intérieurs dévastés, les hommes et les femmes hagards dans ce décor d'épilogue tragique.

Et l'indécente beauté des images.

Une fois encore, l'esthétique de la destruction. Une fois encore les vues d'intérieur après explosion, les murs écroulés exhibant – telles de sinistres maisons de poupées – les effets personnels, les tableaux de guingois, le canapé resté au fond, les débris de verre qui jonchent le sol, la vie arrachée à l'ordinaire du quotidien.

En quittant Beyrouth je m'étais promis de revenir, la prochaine fois, m'étais-je dit, je saisirai mieux cette ville, je saurai en discerner les strates et les démarcations. Mais elle s'est à nouveau écroulée, ajoutant une couche de destruction, et de reconstruction bientôt, aux sédiments qui la constituent.

Ce 4 août 2020, alors que Beyrouth tremble dans ses décombres et son désarroi, je décide d'ouvrir l'enveloppe qui m'a été confiée à Bhamdoun, quand bien même elle ne m'est pas adressée, quand bien même je n'en suis que la dépositaire. J'ai tourné la question dans tous les sens – si je ne l'ouvre pas, personne ne le fera, elle restera lettre morte.

Je la décachète avec précaution.

Quelques photos d'abord. Gabriel, à tous les âges, des visages familiers et d'autres qui me sont inconnus, des oncles, des tantes, des cousins sans doute, des amis aussi.

Son grand-père à la fine moustache, toujours en veste de costume et pantalon taille haute. Sa mère, un air de jeune bourgeoise assez sage, coupe au carré, jupe, twin-set et rang de perles, dont la silhouette petit à petit se transforme – pantalons moulants et pulls à col roulé, cheveux longs, yeux soulignés à l'eyeliner. Elle avait repris des études à l'Académie libanaise des beaux-arts, changé de milieu, rencontré la scène artistique beyrouthine, ce qui d'après Gabriel n'allait pas sans heurts avec le grand-père qui voyait cette émancipation féminine d'un mauvais œil. Dans ces images aux couleurs ternies par le temps revit tout un monde que personne ne pourra plus me raconter.

Avec les photos, des lettres de Gabriel adressées à sa mère, des lettres qu'elle a soigneusement gardées et classées par ordre chronologique. Il raconte sa vie à Paris, ses études, ses premières expositions, relate certains épisodes dont je me souviens, évoque parfois ma présence – je retiens mes larmes. Des lettres tendres, empreintes de sa nostalgie pour le Liban, pour la maison de Bhamdoun, des pensées aimantes pour son grand-père, des promesses de retour sans cesse ajourné.

Dans la dernière – elle a dû faire l'effet d'un ouragan – il révèle à sa mère son homosexualité. Il venait de rencontrer un homme dont il était, pour la première fois, éperdument amoureux. Je sens qu'il a pesé chaque mot pour exprimer ce qu'il ne pouvait plus taire tout en atténuant l'effet de sa révélation. Je l'imagine effaçant, reprenant jusqu'à ce que ses mots lui semblent justes et audibles.

Et puis, séparé du reste de la correspondance, un brouillon – deux pages pleines de ratures, rédigées par sa mère. Son aveu ne la surprend pas, écrit-elle, elle l'a toujours su, l'aime tel qu'il est, lui souhaite d'être heureux avec cet homme qu'elle voudrait rencontrer.

Jusque-là tout semble facile, et puis elle peine, reformulant un nombre incalculable de fois pour arriver à dire ce que Gabriel n'a sans doute jamais lu, ou peut-être lu sans vouloir l'entendre : *Ton grand-père*, elle écrit une phrase qu'elle barre ensuite et recommence, *Il vaut mieux que tu ne reviennes pas au Liban, ton grand-père ne veut plus te voir.* Et elle ajoute, *Il a vendu la maison*, pour une bouchée de pain, à un Druze du village.

Le savait-il ?

Lui avait-elle envoyé cette lettre ?

Je vois l'ami que je croyais connaître, connaître vraiment, avec ses creux et ses bosses et ses angles morts, je le vois flouté, le visage et la voix brouillés, je le vois entouré de cette neige en noir et blanc qui dans mon enfance recouvrait l'écran de télévision une fois les programmes terminés.

Je voudrais changer l'image, lui rendre sa netteté. Toucher de ma paume la joue de Gabriel et lui parler tout bas.

L'exil puis la répudiation, la liquidation, la destruction. Ta maison n'était pas un havre vers lequel revenir, ni un roc ou un baobab auquel se riveter par temps de tempête, encore moins un abri où se réfugier. Elle était l'emblème de la perte.

Je le sais maintenant.

Je le vois errer, ange égaré dans une maison dont les vides excèdent les pleins. Je le vois lutter contre l'effroi, l'effroi qui tétanise et anéantit, en se livrant à un travail de titan, une œuvre interminable – reconstruire jour après jour sa maison effondrée, la réédifier inlassablement par le récit.

Comment n'ai-je pas compris ? J'étais un personnage de son théâtre d'ombres – telles ces figurines de papier transparent que j'ai ramenées d'un voyage en Asie et accrochées au mur de ma chambre –, une sœur de cœur dansant avec lui dans la *camera obscura* qu'il avait inventée. J'en aimais les reflets et la lumière chaude. J'étais entrée dans sa maison comme je me projette dans l'intimité d'intérieurs anonymes, lorsque j'observe depuis la rue des fenêtres aux lueurs douces qui me semblent des lieux protégés où il fait bon vivre et lire et aimer.

Gabriel et mon père échafaudent des contes et légendes sur leurs paysages dévastés. Je les vois dans la brume, silhouettes aux contours fragiles, construire des châteaux de sable sur des terrains vagues – des forteresses chimériques pour éloigner l'angoisse et conjurer la perte.

Feuille, caillou, ciseaux.

Mon père invente une fiction pour colmater les brèches de sa maison – elle était en paille, il le savait. Gabriel embaume d'une fable son palais enchanté couvert de roses.

Selon la tradition juive, toute habitation doit conserver un petit pan de mur non peint, une légère fissure dans une cloison, un bout de carrelage abîmé au sol comme trace de l'incomplétude dans nos vies, du manque qu'il s'agit non d'éradiquer mais d'apprivoiser.

Ne pas oublier.

Ne pas oublier d'inscrire les failles et les brisures.

*

J'écris ces derniers mots lorsque mon téléphone sonne. Un appel en facetime de mon fils aîné, qui vit à New York. Je clique sur accepter, la connexion met un peu de temps à s'établir, j'entends d'abord sa voix, Mum, tu es là ? et puis l'image se précise. Son visage apparaît sur l'écran.

Assise à côté de lui sur un tapis de jeu, sa fille – ma petite-fille – déguisée en tigre pour Halloween, avec un béret orange sur la tête, parfaitement craquante. Elle joue avec de gros Lego, de ceux qu'on donne aux tout-petits. Très concentrée, elle les empile les uns sur les autres, sans les emboîter, ne sachant pas encore le faire.

Elle en ajoute un, et puis encore un et pouf, la tour s'écroule.

Elle s'arrête un instant, regarde ses plots sans se laisser démonter et, toujours très concentrée, recommence sa construction – un jaune, deux bleus, un rouge.

Iconographie et références bibliographiques

Toutes les photographies sont de l'auteure, à l'exception de celle de la page 39 © Rafi Haladjian.

Le tableau de la page 52 de Samuel van Hoogstraten s'intitule *Vue d'intérieur ou Les Pantoufles* © Wikimédia Commons.

*

Pour prolonger le plaisir de lecture :

Bernard Wallet, *Paysage avec palmiers* © Tristram, 2016

Sorj Chalandon, *Le quatrième mur* © Éditions Grasset & Fasquelle, 2013

Mathieu Lindon, *Ce qu'aimer veut dire* © P.O.L., 2011

Delphine Horvilleur, *Vivre avec nos morts* © Grasset, 2021

Collection *La rencontre*

Serge Airoldi, *Rose Hanoï. Rencontres avec la couleur*, 2017
(prix Henri de Régnier de l'Académie française 2017)

Nathalie Azoulai, Serge Toubiana, *Ozu et nous*, 2021

Jean-Christophe Bailly, *Café Neon, Chemins grecs*, 2021 ;
Arléa-Poche, 2022

Dominique Barbéris, *Un dimanche à Ville-d'Avray*, 2019
(deuxième sélection du prix Goncourt 2019 ;
finaliste du prix Femina 2019)

Olivier Baumont, *Tombeau du jeune monsieur de Cinq-Mars*, 2021

Antoine Billot, *L'Année prochaine à New York. Dylan avant Dylan*, 2017

Sally Bonn, *Écrire, écrire, écrire*, 2022

Philippe Bonnin,

Katsura et ses jardins. Un mythe de l'architecture japonaise, 2019
(prix P. J. Redouté 2021 ; prix René Pechère 2020) ;

Éloge d'un jardin japonais, Arléa-Poche, 2023

Véronique Bruez, *Ici habite le bonheur*, 2022
(finaliste du prix Jean-René Huguenin 2022)

Benoît Casas, *Venise toute*, 2022

Thierry Clermont, *La Balade de Galway*, 2021

Collectif, *La littérature est une rencontre*, 2016

Michel Crépu,

Beckett, 27 juillet 1982, 11 h 30, 2019

Only rock and roll. Avec les Rolling Stones, 2022
(finaliste du Prix Littéraire livres & musiques 2023)

Norbert Czarny, *Mains, fils, ciseaux*, 2023
(sélection du prix Alain Spiess du deuxième roman 2023)

Christian Doumet, *L'Évanouissement du témoin*, 2019

Hervé Dumez, *Incertain Paul Valéry*, 2016

Nadine Eghels, *Avec Paul*, 2023
(sélection du Grand Prix du roman de l'Académie royale de langue et de littérature françaises de Belgique 2023 ;
sélection du Cabri d'or 2023)

Christophe Etemadzadeh, *La Vie sans savoir*, 2021
(prix Khôra-Institut de France de l'essai littéraire 2021 ;
finaliste du prix Jean-Jacques Rousseau de l'autobiographie 2021)

Élisabeth Foch-Eyssette, *On ne peut pas toujours voyager mais on ne peut pas toujours rester au même endroit*, 2018 ;
Éloge des voyages et du repos, Arléa-Poche, 2021

Francis Grembert, *Éloge de l'alouette*, 2023
(première sélection du prix Renaudot essai 2023 ;
sélection du prix littéraire 30 Millions d'Amis 2023 ;
sélection du prix Khôra-Institut de France 2023)

Vincent Hein, *La Disparition de Jim Thompson*, 2021 ;
Arléa-Poche, 2023
(prix Pierre Mac Orlan 2022 ; deuxième sélection du Femina 2021)

Philippe Herbet, *Fils de prolétaire*, 2022

Cécile A. Holdban, *Premières à éclairer la nuit*, 2024

Stéphane Lambert,

Avant Godot, 2016 ; Arléa-Poche, 2023
(prix Roland de Jouvenel de l'Académie française 2017)

Fraternelle Mélancolie. Melville et Hawthorne, 2018

Visions de Goya. L'éclat dans le désastre, 2019 ;
Arléa-Poche, 2022
(prix André Malraux 2019)

Paul Klee jusqu'au fond de l'avenir, 2021 ; Arléa-Poche, 2023

L'Apocalypse heureuse, 2022
(prix Victor Rossel 2022 ; finaliste du Grand prix SGDL 2022 ; finaliste du prix Jean-Jacques Rousseau 2022 ; finaliste du Grand prix du roman de l'Académie royale de Belgique 2022)

Vincent Van Gogh, l'éternel dans l'éphémère, 2023

Yannick Le Marec,

Constellation du tigre, 2021
(sélection du prix 30 millions d'amis 2021)

Le Grand Pillage, 2022

Thierry Le Rolland, *Les Papillons de Nabokov, le boomerang de Gracq*, 2021

Gérard Macé, *Le Navire Arthur et autres essais*, 2020

Brice Matthieussent,

Les Jours noirs, 2019

Amérique fantôme, 2021

Akira Mizubayashi, *Dans les eaux profondes. Le bain japonais*, 2018 ; Arléa-Poche, 2021

Sébastien Ortiz, *Dans un temple Zen, Rencontre avec Guillaume Apollinaire*, 2017

Benjamin Pelletier, *Les Années discrètes. Territoires de l'enfance*, 2018
(finaliste du prix Marcel Pagnol 2018)

Marc Petitjean,

Le Cœur. Frida Kahlo à Paris, 2018 ; Arléa-Poche, 2022

L'Ami japonais. Kunihiko Moriguchi, Trésor vivant et peintre de kimonos, 2020

Mathieu Pieyre, *Le Professeur d'anglais*, 2022
(lauréat du prix Alain-Fournier 2023 ;
finaliste du Grand prix de la fiction de la SGDL 2023 ;
finaliste du « Coup de Cœur des Lycéens » 2023 de la Fondation Prince Pierre de Monaco ;
sélection du prix des lecteurs de Notre temps 2023 ;
sélection du prix littéraire Lions Club 2024)

Olivier Rasimi,

Cocteau sur le rivage, 2019

Bébé, 2021
(première sélection du prix Renaudot essai 2021)

Lever de rideau, 2024

Martine Reid, *Ravissement. Sur un tableau du Caravage*, 2023

Ludivine Ribeiro, *Ma mère en toutes choses*, 2023

Patrick Roegiers, *Éloge du génie. Vilhelm Hammershøi, Glenn Gould, Thomas Bernhard*, 2019

Gemma Salem, *Où sont ceux que ton cœur aime*, 2019

Jean-Jacques Salgon, *Des graffs dans la nuit. De la grotte Chauvet à Judit Reigl*, 2021

Olivier Schefer,

Un seul souvenir, 2016

Une tache d'encre, 2017

Conversations silencieuses. L'art, la beauté et le chagrin, 2019

Un saut dans la nuit, 2021
(prix Cesson 2022)

Bruno Smolarz, *Giorgio Morandi, les jours et les heures*, 2016

Nicolas de Staël, *Le Voyage au Maroc*, 2023

Brina Svit, *Le Dieu des obstacle*s, 2021

Gilles A. Tiberghien, *Aux frontières du rêve. Un voyage en Asie*, 2023

Serge Toubiana, *Le Fils de la maîtresse*, 2022
(prix Marcel Pagnol 2022)

Fabienne Verstraeten, *V ou la mélancolie*, 2023
(sélection du prix Jean-Jacques Rousseau 2024)

Luc Vezin, *La Vie sans histoire de James Castle*, 2022 ; Arléa-Poche, 2023
(finaliste du prix Roman-News Publicis Drugstore 2022 ;
finaliste du prix des lecteurs de Notre Temps 2022 ;
sélection du prix de l'Atelier 2023 ;
sélection du prix André Malraux de la fiction engagée 2023)

François Warin, *Au commencement la beauté*, 2020

Natacha Wolinski, *Son éclat seul me reste*, 2020

ACHEVÉ D'IMPRIMER
EN DÉCEMBRE 2023
AVEC PAUL CELAN
SUR LES PRESSES DE
LA NOUVELLE IMPRIMERIE
LABALLERY
À CLAMECY, YONNE

AVEC UNE CLÉ CHANGEANTE
TU OUVRES LA MAISON DANS LAQUELLE
TOURNOIE LA NEIGE DES CHOSES TUES

Numéro d'édition : 1363
Numéro d'impression : 312101
Dépôt légal : février 2024
Imprimé en France